仅以此献给无数个被风吹起的日子

如果风知道

古雨 著

IF
THE WIND
KNOWS

哈尔滨出版社
HARBIN PUBLISHING HOUSE

图书在版编目（CIP）数据

如果风知道 / 古雨著. — 哈尔滨：哈尔滨出版社，2021.9
 ISBN 978-7-5484-6254-5

Ⅰ．①如… Ⅱ．①古… Ⅲ．①诗集－中国－当代 Ⅳ．① I227

中国版本图书馆 CIP 数据核字（2021）第 181325 号

书　　　名：	如 果 风 知 道
	RUGUO FENG ZHIDAO

作　　　者：	古　雨　著
责任编辑：	韩金华
责任审校：	李　战
封面设计：	树上微出版

出版发行：	哈尔滨出版社（Harbin Publishing House）
社　　址：	哈尔滨市香坊区泰山路 82-9 号　　邮编：150090
经　　销：	全国新华书店
印　　刷：	湖北金港彩印有限公司
网　　址：	www.hrbcbs.com
E-mail：	hrbcbs@yeah.net
编辑版权热线：	（0451）87900271　87900272
销售热线：	（0451）87900202　87900203

开　　本：	880mm×1230mm　1/32　印张：6.75　字数：128 千字
版　　次：	2021 年 9 月第 1 版
印　　次：	2021 年 9 月第 1 次印刷
书　　号：	ISBN 978-7-5484-6254-5
定　　价：	68.00 元

凡购本社图书发现印装错误，请与本社印制部联系调换。
服务热线：（0451）87900279

前言

在我很小很小的时候，就喜欢听风吹耳际的声音，或远或近，或吟或鸣。"解落三秋叶，能开二月花"，每一个新的季节的来临，都是用风做最早的铺垫，所以慢慢长大后，在每个被风吹起的日子，我都喜欢也习惯用一首这样的诗来做纪念。

亲爱的读者，当你翻开这本小小的诗集之时，请用一种"不求甚解"的心态。我不希望当你在读每一首诗的时候，都在努力读懂她的所有意思，或者想要了解作者的情感和思想，因为当一首诗从作者笔下逃走以后，她就有了自己的生命力，诗不再属于我，或者说已不仅仅属于我，她已经属于每一个翻开纸页读诗的你。我更愿意看到你有自己的体悟，感受到属于你自身的美好，只有做到这样，才是读诗的美感，也是诗人创作的源泉。

或许也会有人有这样的恐惧：在读一句诗的时候，你比别人多懂了几种意思，当你走在人生的路上时，你也就比别人多背负了一些重量。但是，亲爱的读者，有重量并不一定是坏事，她能让你比别人走得更远些。风雨只吹走些飘零的落叶，你可曾听闻它吹走了哪座山脉？

风是无形的，但假如你顺着草摇动的方向，你就能触摸到风；遇见是未知的，但假如你顺着河流的方向，你就能遇见我。

很高兴，在这里，能与你相遇。

很高兴，在这里，能与你一起感受诗的生命力。

2021.4

Contents
目 录

见面 2
生长 3
期待 4
我的小篱笆 5
还会 7
瞬间 8
犹疑 9
Lemon（柠檬）......................... 11
蝉 12
我总觉得 13
红色 15
车辙 16
知了，知了——梦里花落知多少 17
回首 19
圣诞快乐 20
树的模样 21
简略 23

在最真挚的山坡上.......................24
仲秋...................................25
长谈...................................26
远山...................................27
列车...................................28
明月...................................29
改变...................................30
雨前...................................31
冰岛...................................32
远远...................................33
落芽...................................34
心事...................................35
末.....................................36
背景...................................37
果木...................................38
先生...................................39
旧船...................................40
推拉门.................................41
感受...................................43
离间...................................44
我知道.................................45

清晰 46
冰山 47
生灵 48
回旋 50
不该 51
比如 52
春菊 53
柳絮 54
永恒 55
选择（Choices） 56
手掌 57
知道 58
珍藏 59
复活 60
成语 62
遭遇 63
牺牲——当一滴雨露爱上了阳光 64
回到 65
平淡 66
黄花 67
论幸福 68

- 岔路 ... 69
- 春天 ... 70
- 一定 ... 71
- 灵毓 ... 72
- 疗伤 ... 73
- 名字 ... 74
- 太阳 ... 75
- 赞扬 ... 76
- 幻夜 ... 77
- 专注 ... 78
- 如果有来生 ... 79
- 钥匙 ... 80
- 每人 ... 81
- 废墟 ... 83
- 夜行 ... 84
- 可不可以 ... 85
- 伞 ... 87
- X ... 88
- 河流 ... 89
- 莲花巷 ... 90
- 关于 ... 91

安慰	92
春游	93
过活	94
米色	95
晨星	96
落寞	97
感性	98
美德	99
拥有	100
路过	101
小说家	103
迷惘	104
遐想	105
假如，明天下雪的话	106
陵园	107
余火	108
残月	109
解药	110
为你写诗	111
爱过	114
今天	115

说海..116

牧童..118

长河..119

异同..120

南山..121

缘..122

劫难..123

宽慰..124

分币（一）......................................125

分币（二）......................................126

分币（三）......................................127

夜曲..128

有限..129

出路..131

转移..132

不暖..133

过去..134

不懂..135

再看..136

望鲸..137

场景..138

树 139

晚安 140

桂花 141

相伴 142

泛黄 143

觉得 144

冬天 145

城墙 146

白胡子 147

倒数 148

音响 149

诗言 150

给晚风 151

雪野 152

散步 153

一天 154

曾经 155

安详 157

山坡 158

清 159

希望 160

夜深 161
不眠 162
夜光 164
留恋 165
预兆 166
触 167
回答 168
思索 169
如果风知道 170
类似 171
滑翔 172
白鹭 173
剪影 174
夏末 175
摹 176
没有 177
现实 178
感悟 179
留言 180
野狐 181
我坐在海面上 182

云上.................................. 184
当风再来的时候...................... 185
含笑花.............................. 187
风线................................ 188
灰云................................ 189
注定................................ 190
重逢................................ 191
角落................................ 192
红豆................................ 193
如若................................ 194
花英................................ 195
远风................................ 197

如果风知道

那日
我告诉你
假如你顺着
草摇动的方向
就能抚摸到风的样子
你照着我说的去做了
果真就触到了它的模样
你笑得很美好
就像一面风筝
忽然看到了云上的阳光

见面

冰冻的海
把眼睛封闭
等待时间的船
慢慢靠近

雪白的沙漠
像一首旋律
无声的寂寞在
淡蓝色的天际

广阔的世界
窅渺的消息
淡橘色的旷野
遇见却要放弃

谈何容易
珍惜不易
我选了一朵花
当我的见面礼

生长

我从栏杆内
摘下了
一片树叶

它的绿
和外面的世界
很不一样

每一根叶脉
都充满向往

一点都不像
从未见过太阳

期待

风吹过
干涸的树梢
春天会来临的

雨落在
无声的荒野
草原会变绿的

你要会等待
因为等待
是寂寞的绚烂

人要有期待
因为期待
是生命的花开

如果
风知道

我的小篱笆

我的小篱笆
围住了我的小家
天蓝色的图案
叫醒了童话
暖风会吹到盛夏

蝴蝶都聚齐了
等候着开花
去年这个时节
种子已经埋下
今年就要发芽

我的小篱笆
跑来一匹小马
你要快快长大
就能到对面的草原
学跳踢踏

我的小篱笆
录下了风吹过后的
一两个笑话
野蜂在歌唱
你不碰它
它就不害怕

也总有
紧张的微笑
有些花瓣会先落下
女孩子揉揉眼睛
梳理了一下头发

唱着满山坡的太阳
孩子们准备回家
男孩却跟在后面
不知道该不该说
自己有点喜欢她

还会

还有花开后
剩下的芬芳
白色的花蕊
在吐露蜜肴

还会有雨露
在慢慢滋长
留恋的日子
总会有回荡

还会有夕阳
还会有许多
光明的日子
在等你翱翔

没风的日子
我会再等待
风筝会飞的
风会回来的

瞬间

雨伞
在这时收紧
藏进腰间
但水的波纹
依然辗转缠绵

远山低首
抚摸着
那枚隐约的叶片

你把眼睛
看向窗外
田野的花儿
多期待呀

你微笑着
一会看看我
一会看看花
不再讲话

光影明丽
这已是我
等待许久的
那个瞬间

犹疑

在无尽的黑夜里
我在等待一枚
发光的种子
把你的心点燃

旧石碑布满青苔
那荒漠如此凄惨
爱要不能被人看见
寓言才算得精彩

云之南　　鹿之骨
从可以涉足的河流
穿越傍晚走到人间
空气中没有宁静
更没有壮阔波澜

于是　　午后
你从一个
长长的梦中醒来
世界被拒千里之外
你绿色的心被拆散

月亮微黄的春天
边走边寂寞的地点

外面的金字光阴如水
你坐的船却望眼万年

还是道声
"再见吧"
希望和你在家中团圆

若不是因为爱你
我怎么会让你
记得我的容颜

如果风知道

Lemon（柠檬）

我想摸摸
你的脸颊
想为你擦亮月亮
拭去泪痕的银花

最细的风
汇入树下
为早晨醒来的人
摘下了一片年华

我用手掌
去接雨水
用软弱的一支笔
写下美丽的情话

最美的光
沙沙作响
它轻轻品着浮草
是酸涩的柠檬黄

蝉

在看不见的树上
我听到了风的白话

在触不到的夜空
有几只蝉像在赏花

如果在冬天睡着
大概一生只有春夏

月亮像枚小火苗
青青涩涩好融洽

我总觉得

我总觉得
我们的心
依然紧紧贴在一起
就像皮肤还会呼吸
就像天空有云追星

我总觉得
世界和平
海洋曾经连在一起
就像水会流入海里
海又流入我的眼睛

我总觉得
春天来临
因为有梦正在清醒
就像白鸽飞往黎明
就像海鸥思念狐狸

我总觉得
人间值得
因为晚上风的温煦
就像我偶尔想起你
你偶尔想起我的信

我总觉得
白昼最长
有爱的人清晨分离
蜜蜂并不热爱蜂蜜
树木并不热爱森林

我总觉得
河水清晰
岸边有金鱼的倒影
那个时候我热爱你
你也热爱我的游记

如果风知道

红色

纸吹雪
结束了就收尾
热气球
在柔和的灯光下
波荡成一种幸福

五月天
庄稼开始好看
那小路
就要铺满金黄的
令人喜悦的稻田

生活中
难免波澜又起
关键的
是否在你的心中
还有重来的勇气

无关你
爱不爱这世界
慢慢走
沿着下过雨的路
会看到红色的树

车辙

时间就像风
吹开了记忆的相册
雨露虽然苦涩
落在少年稚嫩的肩
连周末都很轻奢

草莓滚落在田野
风雨将远路轻裹
树隐没在丛林里
随着时间的推移
开出一片美丽的颜色

在雨后总有些小河
她们蜿蜒着曲折
静静自育了花朵
我没有因此弯折
温柔倾斜的双耳

有些无关的寂寞
在时间里唱着歌
淡紫色的椭圆的叶草
望着驶向远方的轿车
遗憾淹没了所有车辙

知了，知了
—— 梦里花落知多少

我看见一朵云
它长在树上
越长越高
变成了一块
黄色的面包

知了，知了
梦的颜色可知了

我看见一枚戒指
它被抛在空中
越来越小
变成了一盏
微弱的星光

知了，知了
星星多远不知道

我看见一朵花
开在碧绿的湖上

越开越美
揉进了风雨间
温柔的梦乡

知了，知了
梦里花落知多少

、
。
如果风知道

回首

等待钟声敲响
等待十年一梦

那黎明的样子
是多么的珍重

风把树装点了
烟火都将旺盛

永远热浪扑面
永远声声作响

圣诞快乐

水晶树上
挂了许多
银色的圣歌

一盏灯又
连着一盏
回映着暖色

有个孩子
跑在街上
想要礼物

黄金时刻
圣诞快乐

树的模样

树的模样
都圆圆满满
北风吹过
黄叶摇摇摆摆

月亮隐现
光轻轻上岸
你的黄衣裳
牵动我的思念

如果风知道

你是三月的天气
　四月的素颜
五月的最后期限

简略

为什么是昨天
为什么是从前
我的记忆回到身边
却不是你的笑脸

为什么这是结局
为什么落叶后是凋零
树上曾经有许多叶片
风一吹就会闪烁光明

我在蓝色的湖泊上洗完
每条色纹都碧波粼粼
孩子静默地看着母亲
执手问她真正的流星

在最真挚的山坡上

我们从天空中分享这份太阳
我们从大地上分享一份星光
这世界是花的海洋树的故乡
孩子都到对岸的山坡上高唱

你从泥土的清香中开始生长
童年是温柔夜色安静的时光
爱情在海的记忆中微微荡漾
淡白色的雾拨开最美的装潢

在遥远湖泊里淡紫色的中央
将会盛开着一位美丽的姑娘
她的一双眼睛会美得像月亮
那就是你期盼中梦寐的新娘

仲秋

淡淡的天空
冰山的月亮
蝴蝶飞向了花丛
萤火虫关掉了尾灯

待凉的河风
长高的楼层
蜜蜂失去了嗅觉
啄木鸟在夜里启程

黛绿的山坡
摇晃的田野
飞鸟打开了巡航
麻雀又飞回了树梢

满地都是花树叶
你走在秋天的路上
说喜欢黄色的衣裳

长谈

树在摇曳
人在思考

水色将世界笼罩

影影绰绰
波光微漾

岩石在岸边站岗

红色是你
蓝色是我

风中有咸的味道

海的隐藏
夜的安详

我们心中有着对方

远山

远山衔着远山
似浓墨淡笔的一彩

青空无限惆怅
投下寂寞的一眼

人走在细雨中
像树一样成长

隔膜的纸溶化了
清澈的湖水像海

被云雾笼罩的生命
就在此时大放异彩

列车

静谧的草原发着光
远方的钢琴盖着霜

铁轨的皱纹像往常
未来将要开往何方

列车呜咽星夜漫长
迢迢银河缓缓流淌

山隔着海日思夜想
雨落在无声的故乡

明月

那时候
因为在你的召唤下
曾有过这么一个人
从你的光辉中
走到我的身旁

温柔了我的爱
充盈我的理想
唤起了我所有渴望
就连生命衰老的空荡
都填满我内心的向往

又同样是这月光
在带走了我的心后
还给我空欢喜一场
让我守着默默祈祷
直到天亮以后
还忧伤

改变

我看到了幸福
是你说的幸福

在你的怀疑中
我选择了孤独

你独自去成长
你独自去美丽

独自把所有的日子
都变成了自己

雨前

日影斜在栏杆上
吹着草绿色的我

蝴蝶躲在树枝上
抱紧自由的旋涡

风在呼啸中穿过
催促老卡车下坡

窗台的叶片凌乱
谈乱了一首情歌

冰岛

人生是你的
你要好好去经历

回忆是我的
我该好好地珍惜

穿一双蓝色冰鞋
在冰上滑出轨迹

碰巧看到你的眼镜
上着一层白白的雾气

远远

也许，我只该
远远地站着
站得远远的
看你缓缓走远的样子

看你远远地走向
村庄的角落
径直地离开
不再回头望

然后我去看云
云把过去的日子
遮得那么近
隐藏起早上的心情

落芽

如果我可以
像一朵花儿

有光的时候
向着太阳

没有光的时候
就低头数月亮

完美的人间
数尽了落芽

心事

风把所有所有树
都吹得在弯腰

叶把所有所有书
都藏进厚厚的墙

你歪着头
顺着风吹去的方向

一双大眼睛
在黑夜中发亮

末

白杨树
落了三两片叶
伸开双臂去欢迎
那永恒的向往

从前在这里
曾有多少人
摇过它的手指
然后紧紧相依

如今它要为了
一条路献出生命
再也没有溜溜球
忽然滚落脚后

你活着的时候
人们只看到你在结果
你死去了以后
人们才会看你的过程

背景

孩子的手里
拿着两片枫叶
和秋天在击掌

橘子树下的
一盏又一盏灯
化着万圣节妆

我站在海边
就站着不说话
只感受叶的舞蹈

看到你在拍照
我想你也应该会
把我当背景依靠

果木

也许多远
也许是在不久的光线
会将夕阳
无限次地映照在湖面

穿越人海
在未成行的星星火焰
有片绿洲
把我的心轻轻地埋怨

那些我们
一直拒绝知道的东西
总有一天
会以另一种形式呈现

终会变成
我们一直期待的白天
领航世界
铺面而来的风再相见

先生

最先醒来的人
负责去把灯关掉

最先到来的人
请去把路铺好

先爱的人
负责把爱保护好

先走的女士
请把手帕准备好

旧船

古老的夕阳
在你的船桅上
渐渐西沉

蔚蓝的长风
带来一只蝴蝶
孤独又翩跹

旧河道被污染
破败不堪的围栏
花香渐满
阵阵暖意吹来

你不会让人知道
在你的心里
其实一直期望着
一片可靠的岸

推拉门

晨间的风
穿透了心
晃动着推拉门

无济于事
因为轨道
已经完全设定

白色的墙
将世界隔绝开
渲染着要分离

微黄的光
绿叶在窗台上
晒伤后又痊愈

如果风知道

秋天里的云飘得最长
你穿着黄裙子
在柔和的月光下
好像满山坡的太阳

感受

晨风抚动
额前的发
夜色的掩护
还有余凉

白色的月
挂在墙上
鲜红的心脏
向往天堂

木叶的光
波动微黄
淡绿的草莓
爬满树梢

滚落的水
摇晃海洋
多雨的季节
湿润眼眶

离间

初见之间
白色的相片
涂满云烟
逐渐幻灭

抽离之间
在漫长岁月里
你的出现
没有意外

雪白人间
听到救赎的断念
整个过程
没有推荐

忧郁之间
回头看看
不该说的都说了
该说的就不说了

我知道

我知道
黎明并不想走掉
不想让清晨的光
变得发烫

我知道
海并不宽广
人给它划一道墙
就变成了专属地方

我知道
其实你并不善良
我给你的爱
你当作是疗伤

我知道
我不想这样
看阴云遮蔽树梢
夺去了我的希望

清晰

早晨
云的样子
很可亲

水纹像一双
蝴蝶的翅
贴着心脏呼吸

生命
像一捧
凉凉的空气

被剖开过后
连死亡都显得
那么清晰

冰山

我是来自
冰山里的
一颗温柔的心脏

停泊在这
是因为我
没有岸的依靠

三百八十四天里
我一动也不动
以为可以丢掉彷徨

我爱这众多的河流
虽然它从我的身体里
已经夺走太多的想象

生灵

花有名字
花,也会呼吸
会吐出长长的风
吹动寂静的云
向着南方飞去

大雨过后的天晴
每片花瓣都透明

绚烂中的烟尘
纤尘不染的真心
一如既往地欣赏
坐落在路边的风景

我坐在海滩的角落
回望昨夜梦中见过的
那扇蓝色的窗棂
它在淡红的天空下
变为一片美好的爱情

如果
风知道

花都有名字
花也会凋零
会把花瓣散在地上

叶子慢慢摇动
一起纪念这个春天
逝去后的生灵

回旋

傍晚的时候
我看见一艘船
载着星河驶过地平线

淡黄的余晖
雪白的视线
远方的山也惊艳

耀眼的水面
阳光的伞也好看
画过一条弯弯的弧线

我还是很想你
看风卷起云的时候
还是那么温柔而眷恋

不该

我们曾和这里的树
一起成长过
有一棵树被砍了
我就站过去
补上了它的空缺

钟声也敲响过
屋顶上的星星
都在把故事诉说
生活的样子
曾像珍珠那么一颗

该不该继续
唱着这样的歌
路口的那家水饺店
已经换成了
孩子们爱去的
甜品窝

该不该说说
你给我上过的课
整理过好多条目
也仅找到一条
只会在夜里
孤独闪烁的银河

比如

推开窗子
喜欢孩子
窗外人声鼎沸
阳光爆裂

有些生命
常开不败
在春天的泥土里
滋生着澎湃

树影里的恋人
记不清楚
时光究竟是
在哪里转弯

就让我爱下去吧
在海蓝色的天空
有一颗心
穿越过豪雨
正经历人间

春菊

在楼下的长廊
人们只知匆匆穿行
从不向四周张望
野生的春菊
就这样寂寞了开放

白色的地面
淡黄的叶片
小蚂蚁借了一枚花瓣
跳进了对岸的波影
河水清澈繁细

春天里伤痕累累
生活中迷惑不清
小雨滴等着天晴
未知的审判
在未知的时间降临

尘土间也有明亮的影子
蝴蝶也会有惊人的美丽
五月的风莞尔一笑
死亡的阴影暂时剥离
去寻找下一个生存方向

柳絮

春天的梦
曾在秋天清醒
黎明的光
将在夜晚失明

夏季的热
曾在冬季冰冻
傍晚的风
在我心中收藏

你的世界
来自我的呼唤
你的昨天
融化在那过往

白色的雪
压成一道围墙
五月的天
柳絮也曾这样

永恒

凉凉的风
滑过落日的天空
洁白的雾
流浪在泥泞的路上

咸涩的海
填在陆地的胸膛
冰冷的雨
落在星河外的远方

我站在这
看一棵树的白雪飘飘
窗外的夜
无数翻涌的生命升腾

我对你说着
金星在西空的衍生
是希望我和你
可以像它那般永恒

选择（Choices）

如果在一年四季当中
一定要选一个我喜欢的
那一定是这样的四月

如果在千万的人当中
非要挑选一个喜欢的人
那一定是你的样子

如果在星辰和日月当中
非要挑选一个我喜欢的话
那一定是如水的月色

如果在人生的无数时光当中
非要挑选我喜欢的一个瞬间
我希望是与你在一起的这一刻

手掌

我的心重回空荡
没有波澜,没有光亮

夜晚的船,寂寞着停靠
好像从没穿过一条泪行

我有一双手掌
在夜里洁白地穿过阳光

自从抚摸风以后
它们就变得冰凉

知道

我还是没能感受到
她从远处带来的雨

却已经刻意穿过了
那片最易下雨的云

一片风中的绿草地
走来一位美丽的姑娘

她的故事只有云知道
我的故事只有风知道

珍藏

星光绕过月亮
雨露滋润了光芒
流星打扮好自己
美得不能再躲藏

清晨点亮的红装
时光拼命地往回倒
回到我和你相遇的
那个无所顾虑的早上

那时你坐在我身旁
说着远方和向往
没有顾及我的希望
是没有我的你的时光

未触摸到黑暗的
我洁白的手掌
一路野花的盛开
曾是我此生的珍藏

复活

光的寂寞
鸟的天国

玩耍回来的
孩子们
找不到停的车

风的抚摸
爱的复活

只有那老人
始终如一地
抱着那座金佛

如果
风知道

曾为你凉过夏日的夜
也为你暖过橘黄的灯
曾为你感到四季忧愁
也终于为你剥落寒秋

成语

是两只云雀的歌
我和你相识晨间
光明绚烂的世界
以为那是普通一天

我们记得填写
一行又一行字栏
接着各自生活
回归平淡的人间

那时我没有祝愿
你也没有回头看
我问了你的姓名
你并没给我看相片

白云摇摇脑袋
我们最好的时光
都留在那一天
也仅留在那一天

如果
风知道

遭遇

路可以通向远方
云可以指导流浪
我能为你做什么
我的双手空荡荡

风可以回到故乡
海可以填满希望
我能回到哪里呢
我的心跟着死亡

山可以连绵不断
雨可以肆意飞翔
我却能做什么呢
当我面对这时光

花可以来年开放
树可以万古青长
我的世界这么小
我的生活这么糟

牺牲
——当一滴雨露爱上了阳光

雨飘零在阳光下
泪滴像水一样
流淌在田野中
默不作声的小河

谁让我爱上了你呢
你注定是我的夙愿
月下的默默守护
只为你清晨的梦想

一滴雨露爱上了阳光
美得彻底也没得匆忙
我为什么会爱上你呢
你一出现我就要消亡

清晨很美但你不知道
这么没有自信的我
曾经都仅仅是因为你
而变得那样勇敢而坚强

回到

远处的星光
挂在玻璃上
就像遥远太空的水珠
在银河中闪烁

地上光亮的倒影
我的心铺在上面
银色的眼睛
在遥远地望着

白色的时光
拾起了什么
过了路口以后
彻夜地怅惘

厌倦了我的生活
羡慕你的洒脱
有些话寥寥数语
却刻在更久的路上

平淡

世界在回归平静以后
星星的光亮有些怕人

天亮时雨水冲刷鞋跟
我和你都要越过青春

我收起了人类的怜悯
你在我的肩放下花蕊

用看到过未来的弯曲
安慰自己的平凡无奇

黄花

故事间的黄色小花
在我心外静静绽放
一场略微遗憾的善良
全被那温柔包围渴望

等着那风起的日子
写下一段祝福的话
若能成为幸福的太阳
便不再怕夕光的迟到

一个人看雨打芭蕉
也有把伞寻找希望
但是采蘑菇的小姑娘
却未必知道你的幻想

当你来到我的面前
你已经被风雨残伤
但我在你青春的期末
有幸能陪你一起欢笑

论幸福

房屋外
被风雪覆盖
一件军大衣
盖在两个人身上

孩子的手
冻得通红
妈妈就用胸膛
为她暖手

厨房里
藏着冰粥
必须揣进怀里
才能咬得动

卧房
冻丢了窗子
剩下塑料的泡沫
在摇摇欲穿

所有的幸福
都来自星星
它让我们
看到了很多光明

岔路

船已沉没
只好去梦中
寻找远方

河水大涨
只好去抬高
彼岸的桥梁

我向着
失意的尽头
去慢慢流浪

你向着
美丽的太阳
去慢慢寻找

我们
两个方向

春天

清风和晚霞
她想有个家

情话是棉麻
承诺是枝芽

红色的苹果
最美是山楂

珍爱的生活
一起去好吗

一定

有时候
我会盯着一棵树看
看着看着
就会红了眼

光明洁白的
绚烂过我们
整个的秋天

一定是
有那么一个侧面
雪白的春天
在银河以外
飞入云间
落在地平线

从此以后
金星的样子
变得那么明闪闪

我一定是看过的
不然这人间
为何让我
如此执念

灵毓

我听见
春水的呼吸
像一片
透明的玻璃
直抵人心

我看见
阳光如金链
将大地
锁在了怀里
只有温情

风轻抚过
她清秀的脸
洁白的手腕
像玉一样
穿透水面

叶片润凉
流水方歇
但叶子不知道
花为等这瞬间
已心动了
整个光年

疗伤

只有炊烟推动麦浪
只有海鸟寻找希望
我多想穿过那绿草
听春天的脚步回荡

只有夜色帮她疗伤
只有烛光将她打量
生命的严冬已降临
谁能温暖你的手凉

名字

我喜欢你的名字
那是春天的风雨
洁白的纱裙摇荡
映出一条条涟漪

嫩绿的草野拂动
孩子们跑去山顶
空中有颗白月亮
还有一盒土豆泥

我喜欢你的名字
喜欢青草的呼吸
淡蓝的衣衫单薄
裹着黄色的围巾

我喜欢你的名字
不早不晚刚刚好
秋天好春天也好
如果你也尚在场

太阳

早晨的草地上
洁白的露珠
还没有被擦干
湿润的雾气
在原野氤氲

你在阳光下
穿着黄衣裳
你问我说
你像什么
我说：像太阳

赞扬

秋天
多么鲜亮
阳光
像太阳的羽毛

你的眼睛
闪着炙热的光
轻轻说着
那树梢的向往

人世间
如此美好
金色的乌云
遮住我的脊梁

我爱过
那样一个秋天
她美丽的裙角
在阳光下
微微上扬

幻夜

在夜幕降临以后
你遇见的所有人
都各怀各的心事

走在灯光的前面
对所讲述的道理
没有一点抵抗力

我拿着本旧诗集
一页换一个风季
渲染着迷蒙气息

如果早知道那天
会忽然下起小雨
说什么也留住你

专注

我们在桥上看海
还在一边特别想念

有没有其他地方
能让我们再遇见

在没有光的地方
海变得深邃

在那有光的地方
海变得蔚蓝

如果有来生

我想抚摸一下
你沉在海里的皱纹

是深是浅
时间于你已经冻结

在花海的底下
漂动着绚烂的浮冰

见到我时你会怎样微笑
如果真的还有来生

钥匙

在巨大的光球中
金光闪闪的土地
生长出一些美丽

漫长的生命线
将几十个故事
压抑在最沉的心底

落日徘徊在梦里
跟着的是我的心
重重摔在手里

你拿着把钥匙
将我的故事久等
我却难以形容
你该是怎样的心情

每人

每个人
都有故乡

故乡是一盏
身后的青灯

回头望望
永远明亮

往前看看
才心生向往

如果风知道

我曾是风中
最小的那枚余火
因为缺少安全的爱
风一凉我便跌落

废墟

有个路人
遇见了海
卑微地摸了下
额头的细浪

微微相遇
走向暂停
最后守住心里
隐藏的秘密

曾经和过去
放弃了未来的相聚
如数期许
如数铭记

从珍惜到留离
只隔了一点点差距
白白整理
一片废墟

夜行

两点的公鸡
已开始打鸣
它把熟睡着的人叫醒
把醒着的人赶去入睡

星空含着夜
梦开始低垂
它把安静的时光敲碎
把喧闹的心整理抚平

孤独的月影
无声的叮咛
在绚烂中享受过生命
在蜕变中一个人独行

温柔地唱吧
短暂这一生
我愿你做梦中的天使
我愿你做希望的情人

可不可以

如果可以
我愿意给你一把钥匙
一把可以每天打开
我心房的钥匙
这样,你就不会
再缺失爱的勇气

如果可以
我愿意给你一把枷锁
一把可以每天锁住
我们温柔的枷锁
这样,你就不会
再缺失爱的温情

流干难过的泪水后
剩下的都是甜蜜
那些古老的爱情
都不再恐惧死去

如果可以
你愿意
做我的几分之几

如果可以

你愿意
陪我走几个世纪

如果可以
不要让我的心
干涸在你的梦里

如果可以
请同我一起漫步
我要带你去见
我心爱的黎明

如果风知道

伞

雨停了
但无人知晓
雾依旧凝重
继续沾湿
我的发梢

我没有
再走回桥下
因为就算到了
你也不会
在那里等我

我承载了
你生命中的
美好阳光
得到的却是
你在我的脸上
刻下一道悲伤

X

阳光回应祈祷
折磨了一棵树

白色耀眼的海
璀璨得
像一颗明珠

风没有催促
还是遗憾地吹着
抚过我的孤独

关于你的幻想
就当是对你爱的领悟

河流

一片淡紫色厚厚的云层
在跑道的这头茫然回顾

河道中满身潮湿的渔船
仍在勘探着不同的小路

一个孩子远远地展望着
像等待一场完美的落幕

如果这条河能再宽一点的话
就正好可以容得下我的孤独

莲花巷

这小巷
路狭窄
花常开

偶尔
有风吹来
所有花环
都圆圆满满

那时
树常绿
人常在

故事平淡
但也精彩

关于

雪在这个世界
一点点浮现
说着说着就看见了

路旁的行道树
斜下影子
抖了抖沉重的身子
立即恢复
早晨的素颜

记得那时
我突然出现
你红着脸
我红着眼

繁华的世界里
将终年素洁
青色的天空
就像那少年

安慰

这小雨
开出花瓣
生命的雪
终于降下来

我看着
高高的树枝上
那片唯一的叶子

曾经有人搬来
一架梯子
只为安慰它
坚强了太久的心

春游

阳光开始
一天比一天热
暖暖地融化了
篱笆的褐色
梦要开始苏醒了
在对面的沙河

草莓,冰激凌
都能感动我
十字路堆满石子
一路春莺唱着歌
路是这样短的嘛
风这样暖的时刻

在浓密的树荫里
洁白的花儿飞落
一朵连着夕阳
一朵连着月色
流进碧绿的旋涡

年年那花
开得都相似
年年的我
仍不知
那花的名字

过活

暗蓝的光
把心脏抚摸
没有风的山谷
并不寂寞

树也有命
一轮是一轮
时间里的过客
把梦弯折

你有什么
想要告诉我
如果你也
认真地过活

四季如常
奔向下一个
有些灯熄灭了
是快乐的

米色

在明亮的窗口
你选择坐下
没有咖啡
就喝一杯茶

周围也有
幸福的人
欢乐的味道
遍布着海牙

你就看看
没有说话
剩下的人
也没有办法

晨星

我把灯一关
天就彻底黑了
世界
在剧烈震荡中
渐渐沉浮

我感到
地球在晃动
赤道在倾斜
一束不刺眼的光
在紧张着对折

看过了日出的眼
久久不能磨灭
那一颗微弱的橘点
久久地闪烁
在耳际之间倾斜

当告别这一天
我或许已经忘却
曾有一份执着的心
穿越过黎明之前
静悄悄的东线

落寞

摇晃的虚影
冷雨在花枝中
幻梦般地穿梭

无尽的风霜
落在南山竹海
摇曳后才降落

幽深的峡谷
蓦然发出回响
悲哀是种寄托

愁心的苦涩
对你的忧伤
才是一纸寂寞

感性

春天里的树叶
碰一碰也不会掉落
亮丽的皮肤
还敷了一层
淡绿色的面膜

圆环也鼓鼓
承载臂弯的雨
田园里
随意丢下的种子
已经露出地面

孤独的风
走进傍晚
阳光都挤在丛林间
变成了一座
橘红色的宫殿

指尖的颜色都好看
如花开谢后的流年
飞鸟抖抖她的衣裳
一片羽毛留给人间

美德

紫色的风筝
是天空之中
翩翩起舞的蛇

摇晃的花枝
听话的孩子
不会轻易地折

把美的真实
淡绿的寂寞
装进梦的贝壳

把感性的生活
写成一首诗
也是一种美德

拥有

飞鸟高唱着白歌
在乌云深处落座

月光在湖面一闪
又匆匆剥落

旅行的人们
不计较生活

不是拥有全世界
是恰好路过

路过

海鸟亲吻过海洋
又匆匆过往

鱼问过天堂以后
将答案收好

余生的路
那么漫长

路过的人
都穿着时装

如果风知道

一颗苍凉的夜明珠
包裹着自己如何拯救爱
夕阳余晖下卷进良夜
那曾是我旧时的新娘

小说家

度过万里灰蒙的冬季
春天坐在盎然的草地

种子屏住如歌的气息
穿越偶然发现的缝隙

时间对于星辰的怜惜
化作一片温柔的春泥

鱼和沙滩生长在一起
紫色的夜空这样美丽

迷惘

田野里的小草
耕耘着一道诗行
山雨间的空旷
筑起了一道迷墙

暮鼓钟声的和尚
忘记了沾湿的衣角
松弛的风在玩赏
忘记了忧伤的地方

南山的香火兴旺
终有殷勤的相告
你的行李和心脏
带着普通的微笑

早上的乌云笼罩
雏鸟还未长出翅膀
请你带走这岩浆
如果来生可以酝酿

遐想

如果
我能像
一条鱼一样开心
一生都只在水里

开心的时候
吐出两枚气泡
不开心的时候
就吞掉两枚

离开的时候
也只留下两枚

一生就欣赏这两枚气泡
环绕着阳光寂静的普照

假如,明天下雪的话

假如,明天下雪的话
我们就再见一次面好吗
我一直很期待这场初雪
想听雪压低树干的声音

它会很洁白,就像从前
初初相遇时我们的眼睛
它会很简单,就像少女
那一件飘逸的白色纱裙

假如,明天下雪的话
我们都不再打伞了好吗
就在一瞬间花白头发吧
想看我们这一生的样子

它会很透明,就像昨天
初次握手时我们的热情
它会很美好,就像少年
那一条蓝色领结的幸运

它会很虔诚,就像星空
金色的乌云迷恋着灰烬
它会很短暂,就像我们
走一走就看到时间的光影

陵园

晨醒的花儿
泛着好看的颜色
瘦弱的歌真的
伴着桂花飘落

小猫走在
自家的草坪上
碎窗花倾洒
被光明的水声捕获

秋天里
我们爱着黄色
就像一缕歌
跳出蜿蜒的角落

我静静低着头
在许多梦的海边
诉说遥远的罪过
看过风的眼睛都很弱

余火

阳光的背影
留在墙上
开满花朵

春天
每个孩子都爱唱歌

偶尔蚯蚓
也会翻翻相册
把用心染过的头发
放在黑暗里触摸

都怪风不好
贫穷催促着你成长
你的呼吸是一颗流星
在橘黄色的夜空淡漠

我曾是风中
最小的那枚余火
因为缺少安全的爱
风一凉我便跌落

我也曾努力
握住命运的绳索
但甲板已经下落
她还是拒绝了我

残月

一片云站着
数着星星
一片蓝天在背后
甘愿默默做她的背影

精致的白桦树
点燃一根根红烛
爱美的那半月亮
藏在风中祝福

灰山雀飞远了
洒了一地雨露
红色的是幸福
透明的是泪珠

另一半月亮
看着人群在飞舞
想起当初的誓言
躲在云中哭

解药

风轻轻碰着叶脉
把路灯擦得昏黄

雨水浸泡着楼房
给了我一把解药

是你是我是幻想
又是早春的时光

曾最浪漫的云朵
只剩残骨在飘荡

如果风知道

为你写诗

来吧,我们一起去看
湖面封冻的样子
看那冰的波纹
和冰封下游动的鱼

一起走吧,还是来时
我们手牵着手的样子
月光照在你的侧脸上
像日出前忽然的安宁

水里面的鱼开始走了
它们低缓着额头
就像一枚枚好看的戒指
紧紧相扣着的手指
发着一环环光芒

淡黄色的桔灯
也开始亮起来了
我们,一起走吧
在河流的旧道上
还有首歌等着你唱

满天飞雪
她从海上来
飘落在你发线上的
是我一路纷呈的风景

不如
一起去看看吧
极光在闪烁着游走
也不如你的眼睛好看

念念此生　　都是爱恋
你的颜色　　都鲜艳

假如有一天
我们都走累了
就这样站着吧
等风来
它会让我们听见
一个真挚少年的呼唤

来吧,我们一起去吧
看看沿途还有什么风景
是我们不小心错过的

如果风知道

如果
风知道

别怕那会勾起些遗憾

就这样一起走吧
还是原来的样子
挽起一路长长的见识
在光明中走向未来吧

这诗意的尽头
连着一条长廊
在无数个风起的日子
我依然，为你写诗

爱过

光明
被所有黑暗吞没
所有星辰
都坠入大海

有个孩子
莫名地打趣
说他那时候
爱过人间

今天

他坐在湖边
孤独而沉静
像艘小木船
在等大波浪

回忆来了
宣读起诉状
一本一眼
风吹日落长

说海

你有没有说过
关于海的坏话
背对着听波浪
然后偷偷嘀咕

说海忧愁却善良
说海温柔而可靠
背对着背说向往
向往辽远的地方

你有没有说过
关于海的坏话
背对着看夕阳
然后悄悄诉说

说海路这么漫长
说海水那么宽广
背对着背说遗忘
说起最初的梦想

你有没有说过
关于海的坏话
背对着摸石像
然后慢慢冥想

如果
风知道

说海本没有缘故
说海本没有理由
背对着背说垂柳
说起惆怅还依旧

牧童

天空中的云
就像被剪断的棉花
散落在蓝色的海洋

风拿起一块
又把另一块轻轻放
像整理喜爱的书包

他那样仔细
在那深绿的世界里
一切都要小心翼翼

万一两片云
真不小心碰到一起
就免不了是场大雨

长河

你看我时
才面向我
你不看我时
就面向长河

在过去
我看不见你
背过我去的样子
直到我也看过长河

异同

我总觉得
所有所有云
都曾在一起

风,像吹动
蒲公英一样
将它们吹散
在不同的角落

所以
每一片云朵
都有不同的地平线
每一片云朵
都有不同的切割面

曾经因为
在一起才显得那么相似
也是因为曾经相似
每一片云朵
也都在尽力变得不同

南山

通往南山的路
在中途折断

柔软的一股云烟
浮在山的表面

梅雨季节的到来
河岸又抬高了泊船

星河遥远而暗淡
一只小鹿走进群山

缘

有的人走着走着
又回到你身边

有的人走着走着
离你越来越远

对回到你身边的人
说声：你好

对那些离开你的人
说声：再见

人间烟火
一切随缘

劫难

也许是绵长的热焰
载着黎火驶向对岸
生命漫长生命短暂
让我穿越你的容颜

得到我真实的答案
还是感到有些遗憾
牵手走过离合悲欢
滚烫的泪仍未流干

风来时已把路吹散
放过自己才有期盼
华发已经层林尽染
活着的人都很勇敢

白色的沙越来越远
人群里面永远怀念
看泪水滑满你的脸
只是我身后的平凡

宽慰

和你说话时
还会不自觉微笑

可能无数个
失眠的晚上
你也和我一样

风避过大雨
只希望留下的
是甜甜的味道

擦擦眼泪
要习惯地
带着笑容
安心睡觉

盖好被子
夜来风凉

你也会相信的
这文字的力量

分币（一）

清晨的月亮
是一枚白色的分币
像极了我童年里
曾丢失的一镑

那天我带着它
瞒着妈妈的眼
喜悦着、期待着
走在上学的路上

心中想着汽水
却无意之间
把它掉进了
路口隐藏的下水道

遗憾的心啊
永远藏在
我记忆中的那个
无忧无虑的早上

分币（二）

小朋友，吃奶糖吗
一毛钱一块哟

我的那枚分币
溜进下水道了

哦，那，小朋友
你吃西瓜糖吗
一块钱一块哟

好吧……
一百的能找开吗

分币（三）

看你这么喜欢
给你一百颗吧

那我可以存在这里
每天都来拿一颗吗

可是我这里没有冰箱
夏天是热的，会化掉哟

那就让这甜甜的味道
都化在你心里可以吗

夜曲

乌云开始散布
我们纯白的消息
送你的黄色围巾
被搁在宿舍洗涤

我静静地看着
红色蓝色的倒影
阳光下渐渐分明
逝去的我的生命

护士沿着楼梯
一步一步地前进
雪白的衣服靓丽
轮廓也变得清晰

老旧的大钢琴
还在弹奏着夜曲
音符微妙的感应
没有关应我的心

有限

你生命的落叶
回归到我的故里
生命里的阴影
被我轻轻地擦拭

礼物送给你的
摆放得杂乱无序
却再也没办法
让你畅快地回忆

在离别的时候
你的双唇没打开
竟然都没听到
你习惯地说谢谢

那一刻才明白
原来生命的月亮
在有限的时间
竟这么脆弱无限

如果风知道

我选择了一条
终将走回原点的路
没膝的小花
遮住我的迷途
我走一步
它们就跟一步
风也不糊涂
一点也不辜负
即将到来的大雨倾注

如果
风知道

出路

酒窝里的星星
躲在水中闪亮
有一颗落下来
被我的世界收藏

美丽的孤独和幸福
没你的想象和温度
粘着最后的笑容
倾泻了蓝色的瀑布

片片金黄的云
落在江水之上
红着眼的太阳
枕着胡萝卜睡着

珍重的爱反复修补
珍爱的你不停默读
连着三月的评述
眼睛还疼着就上了路

转移

我问你的话
你翻着看了
有时候不回答
有时候沉默不答
让我疑惑着
以为我说错了

也许我
同样不知道怎么
继续说话
那就不如说
去欣赏一朵
路边的野花

不暖

红绿灯交替着闪烁
忽然明灭了以后
没有车在那里等

道路指了指街灯
一盏又接替一盏
忽然之间天已澄清

毕竟这是一个冬天
雪在地上渐渐透明
开出一片好看的笑脸

风影都在云雾缭绕间
草也无数次地耸耸肩
风不暖了一个冬天

过去

没有一架飞机在起航
没有故事的黄色花朵
但我们都曾一起看过

没有黄金在慢慢穿梭
没有绿草地围绕着我
但我们已经悄然走过

终年荒草　　终年日落
水的堤坝围绕着年末
流浪的荒草可曾记得
有人把风的样子触摸过

不懂

你在天空
写了个
什么字

后来
云都散了
我也还没读懂

再看

老人坐在
夜空下
表达着怀念

记得年少
曾和她一起
梦过芳年

后来
她走了
临别的时候
送了他一幅画

画着星空
依稀遥远
伴随着远方
闪烁的蝴蝶

从此以后
再看
繁星闪烁
沉默无边

从此以后
再看
繁花落雪
不发一言

望鲸

我们出海吧
这天色已渐黄
我喜欢波涛
载着我飞翔

时间已正好
这风向正广袤
带上心情
去期待的地方

一起追逐吧
抛掉岸上的锚
去乘鲸的船
去破风的浪

长长的鱼鳍
穿越蔚蓝海洋
高高的水柱
喷涌在云烟上

广阔的世界
我们多么渺小
人和自然间
一道水雾缭绕

场景

初秋的金蛋
变质的太阳
在云雾之间
来回轻跳

天空
是一张网
留下回忆
带走过往

爱的潮汐
海的味道

危险的吊桥
在路人脚下
摇摇晃晃

树

树的身上
遍布光泽
曼妙的风景
触摸着光华

白日烟火
人间气息
在冬天的路上
我尝试着不想她

晚安

学校的那座钟
敲到第几声了

台灯还没有关
路灯一直等待

回去得再迟
也记得说晚安

不管风怎样吹
都有我默默相伴

桂花

橙色的阳光轻抚了
耀眼明珠里的果壳

一扇窗门为我打开
云遵照了风的选择

桂花飘香的那时刻
我想我会永远记得

好想亲手去摘一朵
放进最漂亮的颜色

相伴

风吹树叶的声音
好像纸笔摩擦着

从一个春天的脚步
到一个冬天的彼岸
时光如花一般绚烂

心之阳光
投我以欢笑
目之所向
报之以长焦

有你的长路相伴
让我更懂得珍藏

泛黄

在秋天的落叶里
我捡起一片苦涩

我把它压在书本
慢慢变成了相册

红色的做成书签
黄色的做成信笺

你双手捧着月亮
我满眼都是泪光

觉得

我觉得
你是爱我的
当我那时
从绿色的围栏通过

你穿着黄衣裳
在湖面游泳
周围白色的天鹅
一只也没有逃过

风总是有脚的
吹过就吹过
夏天的气候
蓝色的秋末

我觉得
你还是爱我的
虽然
你没有说

冬天

冬天会冷
夏天会热
树叶会变红
然后悄悄凋落

有列车跑着
没有晚点
没有错过
这是最冷的遗憾
在静静消沫

爱情会燃烧
又会熄灭
我的烛火
在人海中萧瑟
你说着爱与寂寞
湖面微微结合

蓝牌子和绿牌子
一座又一座
树叶会凋落
树叶会结出苦涩的果

城墙

你淡紫的目光
穿越河水中央
那有一条白船
在微微荡漾

鸟雀都飞起来
绕着蓝色的操场
清澈的枝丫
歌声中缓缓摇晃

这座城市的风
一直在吹
大雨滂沱的夜
任人去追

你所说的街道
我终生都在寻找
可你的容颜
却已经不是
记忆中的模样

白胡子

爷爷
摸了摸白胡子
开心地笑了
因为
团聚

我开心地笑了
摸了摸自己的
白胡子
因为
生日

倒数

岁月的金黄
在傍晚里浮动
树叶张开手掌
把眼角轻轻遮住

人在黄昏下
影子在漫步
有一双白袜子
飘到风中飞舞

冬天的雪
连续地思念
摆放在墙角的
绿色植物

你用纸巾
擦去在窗边
最后一抹白雾
时间开始倒数

音响

睡吧

明天没有百灵鸟
没有湖泊和山药
只会留下羽毛
和美丽的衣裳

梦吧

梦里没有纸飞机
和万能的解药
也许会有米老鼠
和他最好的菜肴

叹息吧

生命只有前往
没有成真的童谣
你还是追问怎样
我只能催你奔跑

诗言

秋天的风轻拂夜晚
夜晚笼罩着这水面
水面上漂浮着火焰
火焰燃烧了这秋天

季节摇落这片木叶
木叶弯曲了这流年
流年画了一个弧线
弧线摇摆了这季节

月亮是诗人的月亮
海边是诗人的海边
你说一句咿呀童语
我跟着说一句时间

给晚风

橘黄的夜灯
淡紫的天空
可爱的花朵
在你的心中

柔软的美梦
微笑的眼睛
可爱的精灵
在你的梦中

雪野

你说
在窗帘的后面
有一根白蜡烛
它闪出的颜色
正是清晨的
第一缕光

北方的雪路
走出一种童话
那明媚的槐花
正在你的身边悬挂

我走出许多方向
却始终不能忘却
那清晨的叽叽喳喳
和那些蓝得像海的眼睛

她们充满激情
没有崩塌的任何可能
风一点点靠近窗户
生命充满任何可能

烟是温热的
在它熄灭之前
却不幸地
把过去也点燃了

散步

我
一个人
在河边散步

跳过
花和草
浅浅的缝隙

所有
古怪的叶子
都开始
悄悄陈腐

可爱的大树
站得
那么美好

他
正用
金黄的微笑
面对着最后
发芽的稻谷

一天

这样寻常的一天
一切都依如从前

仿佛一切都没变
仿佛又匆匆再见

我怀疑我的眼睛
这是真实的错觉

但一切已经明确
在交出钥匙的瞬间

如果
风知道

曾经

我们曾一起仰望过
夏天厚重的积雨云
还曾一起坐上繁星
寻找家的每一盏灯

我曾像光一样热爱着
你的每一个清晨
尽管无数次苏醒在夜里
但我从未停止渴望黎明

在暴风雨侵袭的那个下午
我们躲在靠西的窗子
雷声曾裹挟着河面暴虐
假如能冻结那时的透明

但冷雨淅淅沥沥了
逐渐污染了我们的楼顶
一棵树选择背过身去
就一直哭到了天明

如果风知道

如果秋叶
是秋霜把春的留恋
写在脸上
那么天亮的时分
我大概可以接受
你苍老的模样

安详

有树叶落下
有鸟儿落下
人却不要回家

最轻的声音
最美的空气
岁月不居星辰

水仍在流淌
雨仍在远方
河水涨到树上

绿色的泡沫
紫色的花朵
田野一片安详

山坡

苍白的桥
走到小路的尽头
那枚圆圆的月亮
为什么走得匆忙

一群大嘴的红雀
忽起忽落飞向远方
淡红色的夕阳里
也只留下一根羽毛

五月里潜没的光芒
在风中加速启航
我们究竟走了多久
已经没有人能知道

秋天里的云飘得最长
你穿着黄裙子
在柔和的月光下
好像满山坡的太阳

清

树的背影
都斑斑点点
被风吹过后
显得炯炯有神

你摇摇树枝
轻抚太阳
所有的绿叶
显得格外清亮

草的清香
如花似水
所有的门都开了
是我喜欢的怀抱

希望

我多么希望
有一扇门
它藏于万花丛中
绝不向外人开放

是我们的
你就不会走了
还会把枯萎的花
再浇灌一场

我们还可以
背靠背坐着
再聊一聊
一份天空和月亮

我多么希望
有这一扇门
但风走了
它没有回头望

夜深

渔船
迎着河面的光
在不远处
来回轻漂

等待
那样漫长的
一粒火苗
燃尽希望

树影
移动得那么高
变成虚幻
收紧翅膀

雨滴
从褐色的云上
一点一滴
落在脚上

不眠

寂寞的路灯
照着我回家

沿途没有人
再和我说话

我的心很凉
指尖在发烫

夜太过忧郁
风躲在树上

如果
风知道

去你想去的方向
希望你幸福地过这一生
即便是山高水长路遥马瘦
即便是余生不能与我同舟
我都愿意去祝愿
愿你过上自己喜欢的生活
愿你活成自己喜欢的模样

夜光

淡蓝的星星
草垛上也有一颗
红色的葡萄
摘下来做成糖果

大地上的路
星星点点地交错
我忘了时间
小溪会流入冰河

留恋

你走得很快
带起一片落叶

群声哗然
夜彷徨在浪尖

灯火摇曳
匆忙得不真切

连白杨树
都没有了留恋

预兆

新房里暗淡的钟
轻敲了几下月亮

乌云时浓时密
游走了一个早上

在淡绿的原野里
有一枚鲜艳的红果

它长在树梢上
像梦一样漫长

触

光照在水面上
显得很有精神

明月都看过了
却没见过你的眼睛

夏日漫长
夕阳烧到了云顶

也是在这里
你曾触摸过风

回答

我看见草的尽头
是无限的长圆形

淡绿色的波纹
推展着我们两个

你曾问过我很多
关于工作的态度

我轻描地回答了
你没有听
我也没再问

思索

我看着太阳
太阳和我

我看着月亮
月亮和我

路走远了
大地在摇荡

人走远了
汇成一种奇妙

如果风知道

我们把双手都放开
去听那风的隆隆声

时光的寂寞在流逝
无数夕阳落入银屏

沉默的松林很安静
柏油路擦亮了眼睛

如果我们坐上云朵
还可以数一数星星

类似

她们说我像飞鸟
那么我就像飞鸟

她们说我像羽毛
那么我就像羽毛

我盘旋在城市上空
空气如火

世界是一场美好
而我是美的遁逃

滑翔

你默默地转身
去看远方的云

那清晨的阳光
正推动着黎明

水不那么烫了
正好可以来饮

叶子逆流而上
寻找一只花瓶

白鹭

蝴蝶的梦
是最纯的礼物
随意选一颗
能美得像玉珠

湖边的影子
沿着洁白的路
叶片在手心睡着
铭记了太阳和泥土

风中的花儿
在整齐地跳舞
绿植的叶儿在摇荡
亲吻蜜蜂的肌肤

愿你能够珍惜黄昏
珍惜夏谷和秋暮
珍惜每一片用泪水
哺育的温柔白露

剪影

风吹着雨
落入海滨
母亲背过身去
掩去泪的痕印

叶已飘零
夕阳晚归
成为一棵树
是一粒种子的使命

夏末

阳光啊
那是什么
关于绿叶的传说
在众生之间影影绰绰

苍白的雾霭
打湿了星星
一粒一粒地
全都落在不远的草垛

还有小雨滴
沁在额头上
好看的光泽
伴随凉凉的风吹过

布谷鸟的叫声
也在丛林里慢慢减弱
略有咸涩的梦啊
共同构成这夏末

摹

合欢树
在道路两旁
不停地叹气

蝉声藏在
巷子结尾
放纵着顽皮

太阳没了脾气
莲池里的花茎
细细地站立

又落了几片叶子

夏天就这样回去

如果
风知道

没有

没有飞鸟
没有翅膀
风,在耳边呼啸

没有珠蚌
没有风暴
水,吞噬了大浪

没有沙砾
没有石像
盐,结晶在暗床

现实

阳光被窗拌了一下
不小心把几片脚印
留在水泥墙上

苦柳倒挂在水中
向暖而生的风
把一片叶吹向天空

那些逝去的夜晚
总带给我许多智慧

镜子透进更多光明
像落满梨花一样干净

感悟

生命的触角刚刚长出
就让你一会笑一会又哭

遇见太多无情的嘲笑
山谷的天空竟这般模糊

泥泞的道路极快逃走
梦想着前方能有伞保护

越跑山越糊涂
越跑人越清楚

山的另一面忽暗忽明
似开出了一枚鲜艳的珍珠

不知不觉你已走到河边
恰好河的左岸有船可渡

原来梦想起飞的航模
自由只躲在镣铐里禁锢

如果你跑得足够地快
就能追上悲伤的速度

留言

两只寂寞的夏蝉
四处寻找着木杆
在变幻无常的傍晚
预防着莫测的云烟

螳螂在绿草之间
庆祝自己新的家园
或许新的日子并不美丽
但我已经选择接受祝愿

蜻蜓在花丛间热恋
自负地翻动未知的一切
夕光中你我相距千里
鱼水间我们始终相见

螃蟹翻过椭圆的山巅
漫行进深褐色的河川
风中的小雨前后彷徨
留下一股印象深刻的时间

话已经说到一半
才发觉这只是留言

野狐

我抬头仰望
一整个蓝月亮

明亮的宇宙
微凉的土壤

假如生命不再重复
就该省去许多熙熙攘攘

触不到的风在飞舞
围绕着我
像一只透明的野狐

我坐在海面上

我坐在海面上

看着那些
线头凌乱的烟
在鲜明地摇晃

它们不需要火焰
用手指画一个圈
就能画出一段光年

我坐在海面上
看着时间
都在身后展开

不哭也不笑
那洁白的纱裙
再也触摸不到

阳光那边
五根手指
全部张开

海风扑面
海是蔚蓝

如果
风知道

风笑着摇了摇裙摆
对云说不要回头看
云温柔地闭上眼睛
等待晚霞后的召见

云上

那日
你在雨中
我在云上

沉没的大地
飘满了
淡绿的海棠

当风再来的时候

当风再来的时候
我会变成一片花瓣
安然地睡在
一片洁白的海滩

那里有用珍珠雕刻的
飞舞的蝴蝶
正如我所愿的梦
是一个小小的
长满翅膀的纸盒

熄灭的烛火把温暖
传递给了岸上的灯塔
我们的船儿
与一只企鹅一同出发

我血液的热在流动
所以,就请亲爱的你
不要害怕瘦弱的人
所看到的那些春天

风中挥舞的彩带
像把刻意的闪电
当风再来的时候

透过杂乱的发丝
太阳吻了地平线的半边
清澈而深邃的明珠
似乎凝结了少年的眼眸

浩瀚的,又是多么无穷
波光的动荡
让我们一同仰望

当风再来的时候
你的微笑果然变得与众不同

含笑花

风车轻轻转动
酝酿出来生的寓意

像是一朵含笑花
忽然去吻鲜草地

光在阴影间穿梭
大地漫出了花火

一霎之间的注视
竟带来无尽的爱意

风线

云淹没一条小路
为了让我尝一尝
这迷失的痛苦

我朝悬崖边走去
小心地把梦
铺上黑色的乐谱

黎明前的孤独
让我又看清了些
青山的突兀

你也看看飘零的落叶
所有因风而起的飞舞
都是一种幸福

灰云

我从干燥的窗前
越过逝去的不幸
走向命运的路口

没有眼泪
光像一片灰云
已经等待了千年之久

所有从春天
借来的叶子
都堆积在那条街道

所有最深情的
和最无情的风
此刻都被抛在脑后

注定

冷冷清清的雨
聚在我凹陷的眼睛
从入夜到天明

一切都跟着尘埃浮动
雪山唯一的女儿
正在爬向我的屋顶

缓缓上升的明星
好像草在雾里
藏了满满的晶莹

因为这一天有风
云便注定了
没有回家的可能

船从这边漂到那边
你也曾这样地
漂过我的一生

重逢

一棵树
在把莫名的桥
久久地等

隔岸花
伴着月影
悲伤越来越浓

泪流进
曾吹过你的晚风
关于往事
我选择一声不吭

可是
我从模糊的眼中
却看见
你正与另一座桥在重逢

角落

风在角落里
旋转成沙漏
天空是白色
尘埃在浮动

傍晚的天气
云压得很厚
树有点木讷
船桨在触碰

花在枯萎时
每瓣都通透
心虽然苦涩
却富有笑容

光钻入空隙
把根须轻揉
生命的欢乐
曾震耳欲聋

红豆

这可能有终年荒芜的篱墙
让你闻到了青草花香
白白的皮肤也白白地流浪
这是梦里我第一次到过的地方

可能这样沉默着也很好
风从不要求草也弯腰
再需要多少的勇气
才能让我们赤裸相抱

我在清晨吻到你的脸颊
好过一句句空洞的早安
迎娶黎明之手
做你一世一生的爱人

一颗苍凉的夜明珠
包裹着自己如何拯救爱
夕阳余晖下卷进良夜
那曾是我旧时的新娘

风把风的春天寄给了你
夜色安慰新的橙子等你
你说最爱红豆的人最懂
最懂相思也最懂你的名

如若

若你不开心的时候
请记得这片诗情
你出现在我的文字里
是那么的美好和光明

如果你觉得珍惜
就请把她偶尔翻阅
在海最蓝的岸边
有一份最难舍的思念

如果你觉得难过
就请把她丢弃在荒野
她会自然消灭降解
成为来世的一厢情愿

花英

各种各样的花瓣
像绿色的天空中
被仔细雕琢的云

那些花开后
被花瓣覆盖的岁月
留下了绝美的名字
涉过随意漂泊的河

浅蓝色的根脉
缠住茂盛的水流
做生命的代表
不知疲倦地午睡

我的白天和黑夜
都是细草微醺的状态
古老的湖面上
浅草和露珠徘徊于
阳光碧色的眼睛

被惊醒的白鸽
飞出温润而自由的灵魂
向梦靠近，像水漂泊

爱已倾没
此刻她属于季节和风

远处早晨的空气
一明一灭，随着微波
而展开一阵又一阵的微热

如果风知道

远风

好久不见的远风
吹落缥缈的晨雾
将晴朗还给人间

等待许久的彩虹
怀望去年的时候
将黎明寄往哀愁

坚强的光在呼唤
但内脏已经丢失
被隔成两座去看

即便整个世界上
再没有脚印可寻
我仍是你的旅伴

-
如果风知道